Johanna Pless

Wellentanz und Vogelschrei

Skurrialistische Erzählungen

41 Kurz-Erzählungen

Mit 15 Illustrationen der Autorin

Johanna Pless

Wellentanz und Vogelschrei

Skurrialistische Erzählungen

Die vorliegende Ausgabe ist als Book on Demand
hergestellt worden, und über den klassischen
Buchhandel sowie Internet - Buchhandlungen zu
beziehen.

Die Autorin bevorzugt die alte Rechtschreibung.

Inhalt:

DIE BLUME

Verwundert blieb sie stehen und drehte sich noch einmal um. So eine Blume hatte sie noch nie gesehen. Neugierig ging die Frau zurück, um die Blüte näher zu betrachten. Sie stand inmitten von Disteln, Gras und anderen Unkräutern am Rande eines verwilderten Vorgartens. Violette Blütenblätter formten eine große Schale, die auf einem dünnen Stengel leicht im Wind schwankte. Gerade setzte sich eine dicke Hummel brummend in die Schale und saugte hungrig vom Nektar. Die Frau beugte sich vor, um dem Insekt zuzusehen. Ein Schmetterling setzte sich dazu und speiste mit. Schwacher Wohlgeruch stieg der Frau in die Nase. Sie beugte sich noch weiter vor, um den Duft besser genießen zu können. Plötzlich umfingen die violetten Blütenblätter ihr Gesicht. Ihr Schrei wurde erstickt, und sie taumelte. Dann fühlte sie weiche, feuchte Lippen auf ihrem Mund. Die Blüte küßte sie schmatzend und gab sie abrupt wieder frei. Verdutzt starrte die Frau die Pflanze an. Und als wäre das nicht schon absonderlich genug gewesen, hörte sie ein leises Kichern.

Einige Wochen später kam die Frau wieder, um die nun reifen Samen der Blume einzusammeln. Dabei grinste sie verschmitzt.

KÄLTE

Der Wind bläst durch seine viel zu dünne Jacke, jagt ihm Schauer über die Haut und dringt tief in ihn ein. Er kann seine Füße vor Kälte kaum noch spüren, obwohl er von einem Fuß auf den anderen tritt. Seufzend hält er nach dem Bus Ausschau. Der Wind zerrt an seiner Tasche. Er nimmt sie hoch und hält sie wie ein Schutzschild vor die Brust. Endlich - der Bus kommt.

Rasch drängt er sich in den überfüllten Gang. Er klammert sich an eine Stange und genießt die wohlige Wärme der Mitfahrenden. Langsam wird ihm warm. Es ist eng, jemand drückt ihm von hinten etwas Hartes zwischen die Rippen. Aufdringliches Parfum, Knoblauchgeruch, jemand hustet rasselnd, ein Zigarrenraucher drängt sich neben ihn. Es riecht nach nasser Wolle und harter Arbeit. Ihm ist heiß und sein Magen fühlt sich unwohl. Mühsam kämpft er sich an mürrischen Gesichtern vorbei zur Tür. Die nächste Haltestelle, Gott sei Dank!

Erlöst springt er hinaus, holt tief Luft und

genießt den frischen Wind, der den Busgeruch vertreibt. Mit langen Schritten geht er den Rest des Weges und beschließt: Morgen gehe ich zu Fuß, ob es stürmt oder schneit. Er lacht bei sich, denn das sagt er sich jeden Tag.

DER STRAUCH

Sie stand schon eine Weile vor dem üppig blühenden Strauch hinter dem schmiedeeisernen Gartenzaun und beobachtete die Insekten. Grazile Grüne mit durchsichtigen Flügeln, schwarz und rot gefleckte Schmetterlinge, behäbige Hummeln mit samtigem Pelz, hektische Bienen und all die anderen. Obwohl ein ewiges Kommen und wieder Abfliegen herrschte, lag Ruhe über diesem lila blühenden, nach Vanille duftenden Strauch.

Erschrocken zuckte sie zusammen, als es laut am Boden raschelte. Eine Amsel stöberte zwischen dem Laub herum. Sie fand einen Leckerbissen, schluckte ihn und suchte weiter. Die Insekten ließen sich nicht stören, steckten ihre Rüssel in die Blüten und flogen weiter zur Nächsten. Eine dicke grüne Raupe kroch zu einem Blatt und fraß es mit Behagen.

Doch dann fiel ein großer Schatten auf den Busch. Die Insekten verstummten, manche flogen davon, andere duckten sich tief in die Blüten, die

Raupe ließ sich an einem dünnen Fädchen fallen, die Amsel hielt inne und flog dann schimpfend davon. Eine Elster setzte sich auf den Gartenzaun, legte den Kopf schräg, sah die Frau unverwandt an und fragte:

"Gnädige Frau, haben Sie schon Ihre Gebühr entrichtet?"

"Entschuldigung", errötend wühlte die Frau in ihrer Tasche. "Ich wußte nicht, daß man hier bezahlen muß."

"Aber, Gnädigste, wo gibt es heute schon etwas umsonst?" rügte die Elster mild. "Auch für einen Blick über den Gartenzaun haben Sie zu bezahlen."

Die Frau zerrte endlich eine Tüte mit Nüssen aus der Tasche und fragte:

"Wieviel bin ich Ihnen schuldig?"

"Fünf dürften reichen", antwortete die Elster, aß die Nüsse und flog grüßend davon.

"Gestern kostete es nur vier", petzte ein kleiner Spatz. Die Frau belohnte ihn mit ein paar Sonnenblumenkernen und ging dann weiter.

HERBST

Es nieselte, ihm war kalt und er zog den Schal fester um den Hals. Rasch ging er die baumgesäumte Straße hinunter und bedauerte, daß sich schon einzelne Blätter an den Bäumen verfärbten. Er fror bei dem Gedanken, daß nun die dunklen, feuchten und eisigen Monate ganz nah waren. Er hatte den Winter nie gemocht, denn er machte ihn trübsinnig.

Am Ende der Straße stand ein Baum, den er nicht kannte. Seine großen, herzförmigen Blätter leuchteten an den Astspitzen in saftigem Grün. Ganz so, als wäre es noch früh im Jahr. Staunend blieb er unter dem Baum stehen. Und wie er so zu den Ästen hochsah, löste sich eines der Blätter, segelte langsam herab und blieb auf seiner Schulter liegen.

Wie das Lindenblatt auf Siegfrieds Rücken, dachte er bei sich. Siegfried hatte es Unglück gebracht, indem es ihn verwundbar gemacht hatte. Und er selbst wurde traurig, weil es wie ein

Zeichen für die dunkle Jahreszeit auf ihn gefallen war. Aber als er es so in die Hand nahm und betrachtete, sah er nur noch das frische Grün und mußte an den Frühling denken. Irgendwie wurde ihm leichter ums Herz, und er fühlte sich getröstet. Er steckte das Blatt ein, ging langsam weiter und nahm erst jetzt wahr, wie schön die roten, gelben und rostfarbenen Blätter an den Bäumen hingen. Ganz so, als hätten sie sich noch für ein schönes Fest geschmückt, bevor sie bis zum nächsten Frühling schlafen gehen würden.

REGEN

Ich saß am Fenster, die Arme aufgestützt und sah hinaus. Es war dunkel geworden und schon fielen die ersten Tropfen vom Himmel. Sie zerplatzten auf dem Fußweg und hinterließen dicke Flecken. Ich beobachtete wie sich Muster bildeten und nachfolgende Tropfen sie wieder verschwimmen ließen. Es formten sich Pfützen, die wuchsen, sich mit den Nachbarn verbanden und schließlich den Bürgersteig hinunter flossen, wo sich schon ein beachtliches Bächlein gesammelt hatte. Ein Käfer strampelte verzweifelt, um nicht mit fortgerissen zu werden. Doch er trieb davon, gefolgt von einem großen Platanenblatt, auf das sich schon ein Regenwurm gerettet hatte.

"Hey, spring' auf!", rief er dem Verzweifelten zu und streckte ihm sein Ende entgegen. Der Käfer packte es und zog sich erleichtert hinauf. So trieben sie einige Meter weiter, beobachtet von einer Amsel.

Die rief ihrem Mann zu: "Bleib' ruhig im Trockenen sitzen, das Mittagessen wird heute geliefert!"

DIE SKULPTUR

Sie stand da, in scheinbar starrer Kälte, vom Lampenlicht beschienen. Schon viele Menschen hatten vor ihrer Mauernische gestanden und die wunderbare, gläserne Schönheit bewundert, obwohl sie mit unnahbarem Lächeln auf alle herniedersah.

Einst hatten sie rotgesichtige, schwitzende Männer aus feuriger, zäher Glut erschaffen. Sie hatten sie geformt und mit langen Rohren aufgebläht, bis die Glasskulptur vor ihnen stand.

Andere Menschen waren gekommen und hatten sie in ihr Haus getragen. Seit dieser Zeit stand sie in der von Kandelabern erhellten Mauernische und sah auf jeden herab. Besucher kamen und gingen und sie alle hatten sie gerühmt. Die Hausbewohner starben und ihre Kinder hüteten fortan den kostbaren Schatz. Sie wurde geputzt und poliert und die Zeit verging. Generation um Generation von Menschen starben, doch sie stand an ihrem Platz. Obwohl auch ihre Gestalt nicht blieb, wie sie einst gewesen war. Die Jahrhunderte nahmen die Härte ihres Lächelns fort und glätteten es mit sanfter Kraft. Nun wärmten sich die Herzen der Menschen an ihrem Gesicht.

Und wer weiß, was aus ihr noch geworden wäre, hätte nicht ein Erdbeben das Haus erschüttert. Sie fiel aus der Nische und zersplitterte.

DAS JUWEL

Es schimmerte in vielen Farben, saftiges Grün schwamm in blauen Seen und wurde von grauen Adern durchzogen. Noch nie hatte sie ein so schönes Juwel gesehen. Sie wollte es in die Hand nehmen, dann zögerte sie, zuckte bedauernd die Schultern und schlenderte weiter. Die anderen Juwelen waren auch großartig. Tiefrote Feuerbälle, eisige kristallene Kugeln, facettierte Bronzebälle und viele andere. Jedoch machte der Anblick der blaugrünen Kugel die anderen unbedeutend.

Langsam kam sie in immer engeren Bahnen zurück. Sie lauerte, sah sich verstohlen um, schlich sich an. Schließlich war sie nur noch eine Armlänge entfernt und griff blitzschnell zu. Sie ließ die Kugel in ihren Händen herumrollen, schüttelte sie sanft und betrachtete entzückt, wie sich kleine Wölckchen bildeten. Winzige Risse durchzogen das Grün und es ergossen sich feine Ströme, die glutrot leuchteten und die blauen Flächen ergossen sich über die moosig Grünen.

"Kind, Du darfst nicht mit Planeten spielen!"
Erschrocken fuhr sie herum.

"Jetzt hast Du alles durcheinander gebracht",
rügte der Göttervater sie sanft. "Sieh' Dir an, was
Du angerichtet hast."

Sie beugte sich dicht über die Kugel und entdeckte erst jetzt, daß sich unzählige kleine Lebewesen im Sterben wanden oder schon tot dalagen.
Tränen rannen über ihre kindlichen Wangen.

"Nun, nun", tröstend strich der Göttervater
über ihr Haar. "Hänge ihn nur wieder zurück.
Schau, dort sind noch welche am Leben", er zeigte
auf einige winzige Lebewesen. "Wenn Du das
nächste Mal mitkommst, werden wieder überall
welche sein."

Getröstet hängte das Götterkind den blauen
Planeten zurück und folgte dem Vater.

DER LADEN

Ich saß vor meinem Milchkaffee und beobachtete den kleinen Laden auf der gegenüberlie-
genden Straßenseite. Ich konnte das Schild nicht
entziffern, die Schrift war kyrillisch, nahm ich an.

Ständig blieben Leute vor dem Schaufenster
stehen. Sie hatten nichts gemeinsam. Alte, junge,
elegant Gekleidete, Frauen im Hausfrauenlook und
solche in Jeans. Einige zögerten, bevor sie hinein-
gingen, andere beeilten sich. Doch nur wenige gingen weiter.

Ich konnte nicht sehen, was dort angeboten
wurde, doch nach der Anzahl der Kunden zu
schließen, mußte es etwas Interessantes sein. Nach
einer Weile fiel mir auf, daß niemand den Laden
verließ. Wo fanden nur all die Menschen Platz?
Von außen war nur das kleine Fenster und eine
schmale Tür zu sehen.

Schließlich konnte ich es vor Neugier nicht
mehr aushalten, ich bezahlte den Kaffee und ging
hinüber. Verblüfft sah ich ins Fenster. Dort befand

sich nichts weiter als ein kleines, handgemaltes Schild, auf dem stand: KOMMEN SIE HEREIN

Ich tat es und bin noch immer hier. Wir sitzen dichtgedrängt auf Sofas, Kisten, Stühlen, auf der Galerie und der Treppe, die in die obere Etage führt. Wir plaudern, trinken Kaffee oder Tee. Der Ladenbesitzer kommt gerade mit einem Tablett aus seiner winzigen Küche und bringt frischen Kaffee, damit uns das Warten nicht lang wird. Ich habe schon mehrere Leute gefragt, worauf wir eigentlich warten. Niemand weiß es, und es scheint egal, weil sich alle gut unterhalten.

DIE FORELLE

Der Fisch schwamm in gleichmäßigen Bahnen, sanft schimmernd im klaren Wasser. Fasziniert beobachtete die Forelle sein auf und ab zwischen den Baumwurzeln, vorbei an dicken Pflanzenstielen und wieder hinein in die Strömung der Flußmitte. Sie kannte diesen Abschnitt des Flusses nicht, denn sie war neu hier. Sie wollte erst beobachten, bevor sie sich ein Jagdrevier suchte. Der Fisch schwamm dicht an ihr vorbei, maß sie mit einem Blick aus großen Augen und ließ sich unbeeindruckt weiter treiben. Ein schöner Fisch, groß, elegant und doch, irgend etwas an ihm kam ihr nicht richtig vor. Vielleicht war es seine schuppenlose, helle Haut? Oder waren es seine eigenartigen Augen? Sie fühlte sich ein wenig unbehaglich in seiner Nähe, obwohl er sie auch neugierig machte. Vorsichtig zog sie sich zurück, duckte sich tief in den Schlamm und lugte hinter einem Blatt hervor. Ein Frosch platschte geräuschvoll ins Wasser. Sie sah kurz zu ihm herüber und suchte dann wieder den Fisch. Sie konnte ihn nicht mehr entdecken. Plötzlich durchbohrte sie brennender Schmerz, der ihr den Atem nahm. Sie versuchte zu fliehen, zappelte herum. Sie wurde mit einem Ruck emporgehoben und sah zum ersten Mal die Welt über dem Wasser.

"Gut gemacht, Junge " lobte der Alte seinen Enkel. "Da hast du ja ein Prachtexemplar erwischt."

Stolz schwenkte der wassertriefende Junge seinen Speer, an dem die dicke Forelle zappelte. Er wischte sich lachend einige Wasserpflanzen aus dem Gesicht. Sodann versetzte er der Forelle einen tüchtigen Schlag auf den Kopf.

MONDLICHT

Glänzendes Mondlicht glitt über das Wasser und küßte die Wellenkämme. Leises Plätschern vertrieb die Stille. Der Schwanzzipfel eines Fisches trieb Ringe über das Wasser. Im Schilf raschelte es, als die große Silhouette eines Vogels am Ufer auftauchte. Er schritt gemessen voran und hielt den Kopf gesenkt. Das Mondlicht ließ seine Federn neblig schimmern. Als er in den See stieg, war kein Laut zu hören. Seine Füße brachen die Wasserringe.

Plötzlich tauchte neben ihm eine Flosse auf. Er wandte sich um und stieß mit dem langen Schnabel zu. Umsonst. Nun teilte die Flosse das Wasser vor ihm. Blitzschnell drehte er sich um und hackte nach ihr. Doch wieder hatte er die Beute nicht erwischt. Die Flosse tauchte vor und neben ihm auf. Er hackte und stieß, drehte und wendete sich, doch sein Schnabel blieb leer. Endlich ließ er einen lauten Schrei hören, schüttelte die Schwingen und flog davon. Kindliches Lachen schallte über den See. Kurz hob sich ein Kopf aus den Fluten, dann schwamm die Nixe davon.

DAS BEBEN

Bekümmert wanderte er zwischen den Trümmern der Häuser umher. Nun war die Erde ruhig, doch Tage zuvor hatte sie die Stadt mit einem einzigen Aufbäumen zerstört. Der Mann sammelte zwischen zerborstenen Steinen und Balken zusammen, was er brauchen konnte und machte sich dann auf den Weg. Er ließ keine Familie zurück, doch er hatte seine Freunde begraben müssen.

Tag für Tag folgte er den sandigen Straßen. Er kam an Dörfern vorbei, in denen er nicht bleiben konnte, denn auch sie waren zertrümmert und verlassen. Es stank nach Tod und Rauch. Rasch ließ er sie hinter sich. Nirgends begegnete er einem Menschen, doch auf den Weiden jammerte das Vieh. Er öffnete die Gatter, nahm eine Kuh und ihr Kalb und führte sie fort.

Nach langer Wanderschaft kam er in ein wunderschönes Tal mit Baumgruppen und blühenden Wiesen. Dort blieb er und errichtete in der

Nähe eines Baches ein Haus für sich und das Vieh. Jahr um Jahr wuchsen seine Felder. Andere Menschen kamen und ließen sich ebenfalls nieder. In den Bergen fand man Eisen und edle Metalle und der Reichtum mehrte sich. Doch als die Menschen beginnen wollten, Häuser aus Stein zu bauen, erzählte der Mann ihnen seine traurige Geschichte. Sie hörten auf ihn und blieben in den hölzernen Häusern wohnen.

Als die Erde wieder einmal aus tiefem Schlaf erwachte, waren die Menschen gewarnt und flüchteten. Die Erde tobte und grollte und versuchte, die hölzernen Häuser von ihrem Rücken zu schütteln, doch sie hielten stand. Da legte sie sich wieder schlafen. Die Bewohner kehrten zurück und feierten den alt gewordenen Mann, weil er ihnen mit seiner Weisheit das Leben und ihr Hab und Gut gerettet hatte.

WELLEN

Er lag mit geschlossenen Augen am Strand, die Füße nah am Wellensaum. Langsam trocknete die Sonne seine Haut. Leichter Wind wehte Sand über seinen Körper und blieb an den noch feuchten Stellen kleben. Die Sonne wärmte ihn und machte ihn benommen. Dann und wann wurden seine Füße von einem Wellenausläufer überspült. Die angenehme Kühle gab ihm das Gefühl noch im Meer zu sein. Er fühlte sich beinah schwerelos und ließ es zu, daß die Wellen immer höher die Beine hinaufleckten. Sie kosten seine Knie, umspielten seine Oberschenkel, wiegten ihn hin und her und lockten ihn, bis er sich ihnen ganz hingab. Sie nahmen ihn mit ins Meer hinaus, trieben ihn immer weiter fort, bis er auf die anderen traf. Sie begrüßten ihn mit überschwenglichen Klicklauten, streiften mit ihren glatten Körpern den seinen. Sie bewunderten seine kühn geschwungene Finne und nahmen ihn mit in die blauen Tiefen, um nach Fischen zu jagen.

REGENSCHAUER

Es regnete wieder einmal. Die Tropfen platschten auf die Erde und verwandelten den Garten in eine schlammige Landschaft. Hier und da standen die Blumenstauden schon in großen Pfützen, und schienen zu ertrinken. Von den Blättern flossen Rinnsale, die an den Spitzen dicke Tropfen bildeten. Ein Käfer saß auf einem Stiel unter einem großen Blatt. Er krabbelte rasch weiter zu dem Nächsten, doch ein großer Tropfen fiel darauf. Das Blatt wurde nach unten gedrückt, schnellte wieder hoch und der Käfer flog in hohem Bogen davon. Er landete auf einem Ast, fand aber keinen Halt und purzelte herunter. Ein Blatt bremste seinen Fall, doch er glitt aus , rutschte zur Spitze und fiel in das Maul einer Kröte. Sie schmatzte behaglich.

Guten Appetit.

DIE FLÖTE

Der Klang ihrer Stimme war weich und voll, vielleicht auch eine Spur zu tief, das würde er noch prüfen müssen. Er holte seine Stimmgabel. Morgen schon würde der Käufer kommen, um das neue Instrument zu begutachten. Der Meister strich über das dunkle Holz der Flöte und hob sie an den Mund. Er spielte eine kurze Melodie. Der Klang war perfekt. Er spielte weiter und die Stimme der Flöte hob und senkte sich, trällerte wie ein Vogel und pfiff die letzten leisen Töne. Nun wußte er, daß er niemals ein besseres Instrument würde erschaffen können. Er spielte noch ein Lied und wieder sprach die Stimme der Flöte zu ihm. Sie drang tief in ihn ein und trieb ihm die Tränen in die Augen. Ihr Klang war so süß und warm, daß er mit dem Spiel nicht aufhören mochte. Endlich legte er sie mit einem seufzen in ihren Kasten zurück.

In dieser Nacht schlief der Meister sehr unruhig. Immer wieder wachte er auf und meinte, die Flöte gehört zu haben. Das erste, noch graue Licht des Morgens fiel schon auf sein Bett, als er endlich verstand, was sie ihm sagen wollte.

Ungeduldig wartete er auf den Käufer, doch es wurde schon Mittag, als der junge Mann erschien. Er bewunderte zunächst die schöne Flöte. Doch als er zu spielen begann, zeigte sich, daß er wenig Talent hatte. Er traf die Töne nicht und konnte die Stimme der Flöte nicht zum singen bringen. Der Meister sah ganz erschrocken drein, bat den jungen Mann ihm die Flöte zu reichen und prüfte sie sorgfältig. Er wendete das Instrument hin und her und schüttelte den Kopf. Plötzlich warf er die Flöte ins Kaminfeuer und sagte:

"Verdorben, sie ist verdorben. Das Holz war schlecht, da war ein Riß. Lieber Herr, ich bedaure sie so enttäuscht zu haben."

Er tröstete den verblüfften jungen Mann und schließlich einigte man sich auf ein neues Instrument. Als der junge Mann gegangen war, setzte der Meister sich in einen Sessel an den Kamin. Mit einem zufriedenen Lächeln sah er zu, wie die Flöte verbrannte.

ORIGAMI

Sie liebte die Papierarbeit und freute sich über jede neue Form, die man ihr zur Aufgabe machte. Die heutige Übung war nicht einfach, sie sollte eine Pagode falten. Sie setzte sich an den niedrigen Tisch, nahm einen großen Bogen Papier vom Stapel und legte ihn vor sich hin. Dann schloß sie die Augen, holte tief Atem und blies ihn langsam wieder aus, wobei sie ihren Gedanken freien Lauf ließ.

Pagode. Nach und nach tauchte aus dem Nebel das dreistöckige Gebäude auf. Sie ging darum herum und betrachtete es genau. Dann betrat sie es. Mächtige Balken trugen die übereinander liegenden Dächer. Sie sah sich um und vertiefte sich in das Bauwerk. Langsam wurde sie eins mit ihm, wurde zu einem Balken, spürte seine Stärke und das Gewicht, daß er trug. Sie war die Kraft, die vom Dach bis in den Boden reichte. Sie glitt im Holz von einem Stück zum anderen, fühlte wie die Schnitzereien sich hervorwölbten. Bis in die Schin deln kroch sie, um den Wind zu spüren. Er fing sich in den Schnitzereien und pfiff grüßend. Langsam zog sie sich zurück, bis sie wieder auf dem blankpolierten Boden stand. Sie verweilte noch einen Augenblick und machte sich dann auf den Rückweg.

Als sie die Augen öffnete und wieder am Tisch saß, nahm sie das Papier und faltete es sorgfältig, ohne zu zögern. Ein zweiter und dritter Bogen formten sich in ihren geschickten Händen. Nach wenigen Minuten stand eine kleine Pagode vor ihr auf dem Tisch. Ein schlichtes, wohlproportioniertes Kunstwerk aus Papier. Zufrieden wandte sie sich dem Meister zu. Der prüfte ihre Arbeit gründlich.

Mit einem leisen Lächeln verbeugte er sich tief vor ihr und sagte:

" Meisterin, eine wirklich schöne Arbeit."

DIE FEUER-

BEZWINGENDEN

Einst hatte sie nur aus Feuer bestanden, doch nun war es in ihrem Inneren unter einer dünnen Haut eingeschlossen und sprudelte nur noch hier und da hervor. Ihre innere Wärme hatte auch dazu beigetragen, daß es auf der Haut nun vor Leben brodelte. Die Äonen vergingen, und das Leben hatte so manche Katastrophe zu überstehen, aus der es aber immer wieder mit ungeahnter Vielfalt hervorging. Dann war eine Spezies entstanden, die das Feuer zu nutzen verstand. Zuerst hatte es ihr gefallen, wie diese Tiere sich zu helfen wußten. Doch schon nach kurzer Zeit wurde ihr klar, daß damit ein großes Unglück seinen Lauf genommen hatte. Sie hatte es nicht verhindern können, denn sie konnte nur sein, nur spüren und zusehen, was auf ihrer Haut geschah. Die Feuerbezwingenden hatten es innerhalb kurzer Zeit geschafft, alles andere Leben zu bezwingen. Sie töteten wahllos, nahmen sich und allen anderen die Luft zum atmen, vergifteten die Erde und das Wasser. Sie brachten das große Eis willkürlich zum schmelzen, Regen fiel zur falschen Zeit und am falschen Ort, Dürre vernichtete fruchtbares Land und Stürme beutelten die Kontinente. Sie selbst mußte alles geschehen lassen und konnte nur zusehen, wie alles verdarb und der Gestank des Todes sich ausbreitete. Doch dann hatten die Feuerbezwinger sich selbst vergiftet, und ihre großen Feuer hatten sich entzündet. Sie litt als der Boden verbrannte, die Ozeane kochten und das Leben, bis auf wenige Reste, starb. Doch dann lachte sie erleichtert, bis ihre Haut an vielen Stellen riß und das Feuer hervorquoll: Sie war die Plage los. Endlich konnte sie ausruhen und dabei zusehen, wie das Leben sich neu entfaltete und die Kontinente wieder bevölkerte. Ihre Haut heilte langsam und begrünte sich. Die wundervollen blauen Ozeane füllten sich abermals mit Leben.

Nun konnte sie beruhigt dem großen Ereignis entgegensehen. Voller Freude wartete sie auf den Tag, an dem Mutter Sonne sie für ewig in ihre feurigen Arme schließen würde.

DER WEBER

Der alte Webstuhl knarrte und klapperte, während die flinken Hände des Webers das Schiffchen zwischen den Fäden hin und her fliegen ließen. Reihe um Reihe entstand ein vielfarbiges Bild aus bunten Fäden. Der Weber arbeitete unermüdlich. Seine Hände kannten das Muster, so daß er seine Gedanken wandern lassen konnte.

Hin und her, ein Baum und blühende Wiesen breiteten sich aus. Hin und her, ein Haus wuchs aus einem Blumengarten empor. Hin und her, ein großer Vogel flatterte über dem Nest. Hin und her, da flog ein zweiter Vogel hoch über der Landschaft. Seine mächtigen Schwingen trugen ihn zu einem Felsen, in seinen Fängen zappelte ein pelziges Tier. Die Gattin erwartete ihn schreiend. Er übergab das Tier und flog davon.

Hin und her, eine Frau trat aus dem Haus, leichten Schrittes nahm sie den Weg zum Teich. Über ihr kreiste der Vogel. Jetzt legte er die Flügel an und stürzte herab. Sein großer Schatten fiel auf die Frau.

Verwundert sah sie auf, entdeckte den Vogel und erschrak. Der Vogel erstickte ihren Schrei mit seinen kräftigen Fängen und trug sie zum Nest.

Hin und her, die Spule war leer. Der Weber besann sich, prüfte die Arbeit und nickte zufrieden.

DIE MUSE

Der Meister der Farben saß an seinem großen Arbeitstisch. Er schob die Farbnäpfchen zurecht, legte einen Bogen Papier vor sich hin, nahm einen Pinsel und ließ ihn in leuchtend orangener Farbe kreisen. Mit sicherer Hand malte er eine Figur auf das weiße Papier. Jeder Pinselstrich ließ sie deutlicher hervortreten, sie wuchs geradezu aus dem Papier heraus. Dann lag die kleine Frau da, schlug die Augen auf, sah den Maler an, reckte sich wie ein Kätzchen und stand auf. Der Meister tauchte einen kleinen Pinsel in ein grüngefülltes Näpfchen und reichte ihn der Frau. Sie nahm ihn in beide Hände, hob ihn über den Kopf und schritt langsam voran. Dann tat sie einen Hüpfer und begann einen seltsamen Tanz, wobei sie den Pinsel hin und her über das Papier schwang. Sie malte große Blätter. Dann sprang sie in die Luft, zog den Pinsel hinter sich her, so daß verschlungene Ranken wuchsen. Der Meister tauchte einen Pinsel in rosa Farbe und die kleine Malerin nahm ihn auf. Sie hüpfte hierhin und dahin, strich mit dem Pinsel über das Papier und schon wuchsen zauberhafte Blüten und

Knospen, bis der Pinsel trocken war. Weiter ging der Tanz mit blauer und roter Farbe, die kleine Frau sprang und hüpfte, hob und senkte den Pinsel. Sie drehte sich wie ein Kreisel, trippelte und stupfte, bis kein Fleckchen weiß mehr zu sehen war.

Erschöpft legte sie den Pinsel nieder, ließ sich in ein saftig grünes Blätterbett fallen und schlief ein. Der Meister der Farben beugte sich vor, um alles zu betrachten. Da flog ein buntschillernder Vogel auf und verschwand im dichten Wald. Lächelnd blies der Meister die Kerze aus und ging ebenfalls schlafen.

DER ZAUN

Sie saß hinter dem Zaun und wußte genau, daß niemand, der vorüberging, sie sehen konnte.

Sie hatte im Frühjahr reichlich Samen vergraben. Nun schlang sich üppiges Grün, zwischen dem sich unzählige Blüten öffneten, um den Zaun und verbarg sie vor neugierigen Blicken.

Sie sah den Käfern und den Geflügelten zu, wie sie aus den Blüten tranken und den Trinkenden auflauerten. Eine seltsame Welt, die sie von der Wirklichen trennte, und doch war diese nur einen Schritt entfernt. Die Geflügelten kannten diese Grenze nicht, sondern flogen hin und her, wie es ihnen gefiel. Doch da waren noch die Kriechenden, die braunen, gefräßigen Schnecken, die an den Zaun gebunden waren. Weit und breit fand sich nichts anderes zum Fressen, denn jenseits des Zaunes erstreckte sich die gepflasterte und geteerte Ödnis. Und innerhalb des Zaunes lauerte der Feind, der groß und rosa nach ihnen griff, um sie auf nimmer wiedersehen zu holen. Sie kannten den Feind, doch es war ihnen nicht möglich, sich vor ihm zu verstecken. Er war nicht nur von gewaltiger Größe, sondern auch blitzschnell, so daß sie ihn nicht einmal kommen sahen.

"Hallo, wie geht's?" rief jemand über den Zaun.

Sie schrak zusammen und mußte sich erst einmal besinnen. "Ich war ganz woanders. In einem Land voller Ungeheuer", sagte sie lachend.

Verständnislos sah der Nachbar sie an und ging dann kopfschüttelnd weiter.

DER TURM

Schon beim ersten Spaziergang durch die Straßen seines neuen Wohngebietes hatte er den Turm entdeckt. Er stand in einem kleinen Gärtchen, zwischen mehrstöckigen Wohnhäusern eingezwängt. Man hatte ihn aus dunklem Backstein erbaut, und er überragte die Häuser um ein gutes Stück. Es gab keine Turmspitze, dafür war er mit Zinnen verziert und auf den Ecken hockten dunkle drachenähnliche Wasserspeier.

Jedesmal, wenn er nun an dem Turm vorbeiging, sah er hoch und bewunderte die schönen Figuren. Einmal hatte er versucht, den Turm zu betreten. Er hatte gehofft, daß eine Treppe hinauf führen würde, damit er die Skulpturen aus nächster Nähe sehen konnte. Doch er hatte keine Tür entdecken können.

Eines Tages, er war gerade an dem Turm vorüber gegangen, trafen ihn dicke Regentropfen. Verwundert sah er zum Himmel. Die Sonne schien und kein Wölkchen ließ sich blicken. Er hätte dem weiter keine Beachtung geschenkt, doch von nun an konnte er nie sicher sein, trocken zu bleiben, so bald er am Turm vorbei ging. Er vermutete, daß Kinder ihn ärgern wollten, konnte aber nie eines dabei erwischen.

Schließlich kam er auf die Idee, ständig ein kleines Fernrohr mitzunehmen, wenn er durch die Straße ging. Und tatsächlich, wieder einmal ergossen sich dicke Tropfen über ihn, von leisem Gelächter begleitet. Wütend nahm er das Fernglas und suchte die Fenster ab, doch er konnte die Übeltäter nicht entdecken - das Gelächter hielt an. Er wußte nicht warum, aber sah zum Turm hinauf. Das war doch nicht zu glauben!

Da hockten die vier Drachen auf ihren Zinnen, pinkelten Regenwasser, schüttelten sich dabei vor Lachen und hielten sich die Bäuche. Zuerst schimpfte er noch, doch die Vier sahen so lustig aus, daß er schließlich selbst vor Lachen kaum noch Luft bekam.

TOTES WASSER

Eines Tages kam er auf seiner Wanderung an einen Ort, der ihn erstaunte und mehr noch entsetzte. Hier dümpelte das Wasser in großen Becken erstorben vor sich hin. Auch die Steine, die Pflanzen und selbst die Erde atmeten in den letzten Zügen. Sie alle waren aus ihrer lebendigen Heimat herausgerissen worden und kümmerten nun an diesem toten Ort. Er selbst konnte zwar atmen, die Luft schmeckte jedoch bitter. Er konnte sehen, doch nur durch dumpfe Schleier; und er konnte hören, wenngleich das kreischende Chaos ihn durch und durch schmerzte.

Die anderen Menschen rannten eilig an ihm vorüber, mit verkniffenen, oder schlimmer noch, mit leeren Gesichtern. Des Abends vertrieben sie ihre Angst mit künstlichen Sonnen, bevor sie sich in ihren aufeinandergetürmten Steinhöhlen verkrochen. Mitten durch diesen Ort schlängelten sich schmale und breite Wege, deren schwarze Flächen die Erde verdeckten, so als fürchteten die Menschen, den Boden zu berühren.

Er wanderte zum Fluß, doch da fand sein

Entsetzen keine Worte mehr. Selbst dieses Wasser hatten die Bewohner des Ortes in steinerne Mauern gezwängt. Stinkend von Unrat und tot floß es dahin. Kein Fisch tummelte sich hier, keine Pflanze wogte in der Strömung. Da wandte er sich ab und ging für immer fort.

AM STRAND

Langsam wanderte sie am Wasser entlang. Der Strand war menschenleer, nur hier und da standen windzerzauste Ruinen von Strandburgen. Dann und wann blieb sie stehen und untersuchte den angeschwemmten Algensaum. An ihrem Gürtel hing ein Beutel, in den sie ihre Funde steckte. Muscheln, Kiesel und vom Meer glatt geschliffene Glasscherben klimperten leise aneinander. Sie fand auch einen gestrandeten Seestern. Seine Arme zuckten und sie warf ihn zurück in das Wasser. Eine besonders große Schnecke lugte aus den Algen. Sie hob sie auf und sah hinein. Sie war leer und so hielt sie das Gehäuse an das Ohr. Zuerst hörte sie nur ein Rauschen, wie sie es von anderen Schnecken kannte.

Doch dann stutzte sie. Leise wisperte eine Stimme. Sie drückte die Schnecke fester an das Ohr, und es flüsterte lauter. Irritiert sah sie in das Gehäuse, doch sie konnte außer dem blauen Perlmuttschimmer nichts erkennen. Als sie das Gehäuse wieder fest an das Ohr preßte, wurde die Stimme klarer und sie konnte einige gelispelte Worte verstehen. Es dauerte eine Weile, doch dann hatte sie sich an die eigenartige Sprechweise gewöhnt und die Schnecke erzählte eine faszinierende Geschichte. Sie erzählte davon, wie sie vor langer Zeit im Meer geboren worden war. Sie hatte auf dem Riff gelebt, das der Küste vorgelagert war.

Je länger die Frau zuhörte, desto mehr verschwand die Welt um sie herum. Die Frau dachte und fühlte wie die Schnecke, sie war die Schnecke Sie spürte die sanfte Strömung des Wassers, das ihren weichen Körper hin und her schaukelte. Sie kroch über das Riff, fraß unentwegt und hatte so manches Abenteuer zu bestehen. Dem Riffbarsch konnte sie entkommen und auch dem schlauen Kraken entwischte sie im letzten Augenblick. Nachdem sie einen Partner gefunden und sich mit ihm verbunden hatte, legte sie ihre Eier in einen engen Spalt. Dann kam das Alter und sie schwamm zum Strand, um dort zu sterben. Benommen saß sie noch im feuchten Sand, als die Abendsonne den Strand in feuriges Rot tauchte.

GUTENACHT-
GESCHICHTE

Die Kerze brannte langsam nieder und sie merkte, daß ihr bis zum Verlöschen nur noch wenig Zeit blieb. Der Bogen Papier lag glatt und weiß und leer vor ihr; und sie wußte noch immer nicht, wie sie beginnen sollte. Sie nahm den Stift und schrieb.

Zuerst kamen die Worte zögernd, doch dann ergriff es sie. Hektisch schrieb sie, als ob die Gedanken voran preschten und die Hand mit dem Stift hinterher jagte. Zeile um Zeile, ohne zu denken, malte sie Worte. Die Worte standen auf, reckten die Glieder und marschierten auf dem Weg der Geschichte voran. Sie kamen zu einem Dorf. Die Bewohner, es waren kyrillische Dörfler, verschnörkelt und laut, erzählten von Fremden, die im Dorf gewesen waren. Sie waren aus dem fernen Westen gekommen. Steife, eckige Leute, die hart und grob daher kamen und sich Goten nannten. Sie hatten viele seltsame Geschichten aus ihrer Heimat erzählt, und sie hatten auch Waren zum Handeln mitgebracht. Doch stets hatten sie Waffen getragen, und sich obendrein wie Barbaren benommen. Sie hatten nach Schätzen gesucht und dafür jedoch nichts als Tand geboten. Die kyrillischen Dörfler erzählten, wie sie die Betrüger betrogen hatten. Man hatte Armut geheuchelt und den Fremden billigen Plunder gegeben, hatte ihn jedoch als die wertvollsten Schätze gepriesen. Die Fremden hatten so danach gegiert, daß sie endlich sogar ihr Gold für den Tand gegeben hatten. So waren sie abgezogen mit ihrem wertlosen Hort. Herzlich lachte das kyrillische Volk.

Die Worte hörten ihnen zu und fragten nach den Fremden und ihren Berichten. Da luden die kyrillischen Dörfler sie ein, denn nur zu gern wollten sie erzählen von den seltsamen Geschichten. Es wurde schon Abend, das Licht verschwand langsam, man sah fast kein Wort. Nun nahmen die Dörfler die Worte mit in ihre Häuser und alle legten sich schlafen. Am nächsten Tag war genug Zeit für Geschichten.

Die Kerze verlosch, die Frau ging ins Bett, der Schlaf nahm sie fort.

DER STEIN

Es war nur ein Stein, nicht besonders schön, aber er mußte ihn einfach aufheben. Er paßte gerade in seine Hand, und auch bei näherem Betrachten sah er aus wie ein normaler Kiesel, jedoch war er bedeutend schwerer. Der Junge schüttelte den Stein, und plötzlich glaubte er etwas zu hören. Erneut rüttelte er ihn und ein wunderbarer Klang drang aus dem Stein hervor. Verwundert sah er ihn an und dann bewegte er den Stein ganz sacht. Leises Klingeln antwortete. Fasziniert versuchte der Junge, ihm auf die eine oder andere Weise Töne zu entlocken. Es gelang ihm schließlich, eine kleine Melodie hervorzubringen.

Er steckte den Stein ein und ging nach Hause, um der Familie zu zeigen, was er wundersames gefunden hatte.

Die Enttäuschung war groß. Sie hatten sich alle im Wohnzimmer versammelt und sahen ihn gespannt an, doch nichts passierte. Er konnte den Stein schütteln und rütteln soviel er wollte, der gab kein Tönchen von sich. Der Junge schämte sich und wurde darüber so wütend, daß er den Stein mit aller Kraft zu Boden warf.

Der Stein zerbrach in zwei Hälften und ein winzig kleines Männchen kullerte über den Boden. Schimpfend rappelte es sich auf und sammelte seine überall verstreuten Glöckchen ein. Schließlich setzte er sich in die eine Hälfte des Steines, zog die andere über sich und rief der Familie zu :

"Musik wollen sie alle hören, aber zum Essen gibt es nichts dafür, pah!", mit diesen Worten schloß er den Stein.

Sie brauchten lange, um den verstimmten kleinen Mann wieder hervorzulocken. Doch schließlich saß er mit auf dem Abendbrottisch, und nach dem Essen spielte er noch einige Lieder für sie.

DAS TAL

Bläulicher Rauch stieg aus dem Leib auf und nahm die letzten Gedanken mit sich fort. Tief unter ihm lagen noch andere verkohlte Körper von Bäumen, Tieren und Pflanzen. Er überließ sich dem heißen Hauch des Feuers und zog gen Westen. Dort traf er auf dunkle, schwere Wolken, die gegen die Berge trieben. Er drang in sie ein und klebte sich an ihre Tropfen. Unzählige fielen zu Boden und zerrten die Erde von den Felsen. Braune Ströme flossen von den Bergen herunter und ergossen sich in die Flüsse. Die schwollen an und rissen mit gierigen, schäumenden Fingern die Ufer mit sich fort. Das weite, trockene Tal lockte die Ströme und bot ihnen an, in seinem Schoß zu verweilen.

Nach einigen Wochen nahm das Wasser bedauernd Abschied, die Sonne rief es zu sich. Samen und Kerne tranken die letzten wehmütigen Tränen und wuchsen in der wärmenden Sonne. Die Pflanzen sprossen, die Bäume kleideten sich in ein frisches Gewand. Über die Berge kamen die Tiere zurück. Sie fraßen und kämpften und zeugten und gebaren den Nachwuchs an diesem fruchtbaren Ort.

LICHT

Weiches Licht streift sacht im Takt des Tages durch das Zimmer. Hebt das eine oder andere Ding hervor und verläßt es wieder. Vom Takt des Monats aus besehen eilt es rasch vorbei, tastet nach dem Stuhl, der Vase und verweilt nur kurz auf den Kissen.

Weiches Licht, gedämpft durch das Grau des verhangenen Tages. Müde kam es erst spät und verabschiedete sich zeitig, grüßte noch einmal mit matter Hand. Läßt dunkle Behaglichkeit zurück.

Blaues Licht, ganz sanft schaut es herein, läßt Farben im sphärischen Licht erstrahlen. Geht langsam weiter, ganz leise.

In der Hälfte des Monats besucht es den Mond. Von Nacht zu Nacht bleibt es ein wenig länger. Ziehen Wolken auf, küßt es sie fort und hinterläßt auf ihnen einen gelblichen Schimmer. Dann ist es zufrieden, denn auch der Bruder der Erde soll strahlen.

GALAXIE

Er suchte ein Geschenk und sah sich die Auslagen eines Juweliergeschäftes an. Doch die vielen überladenen Schmuckstücke gefielen ihm nicht. Er wollte schon weitergehen, als ihm ein Anhänger auffiel. Es war eine durchsichtige Kugel, in der eine farbige Wolke zu schwimmen schien. Die Kugel war von einem schmalen Silberreif umschlossen. Er ging in den Laden und kaufte den Anhänger.

Als er Zuhause ankam, konnte er es kaum erwarten, den Anhänger näher zu betrachten. Weil es schon dämmerte, hielt er ihn vor eine Lampe. Beim genaueren Hinsehen glich die vielfarbige Wolke einer winzigen Galaxie. Er drehte und wendete das Schmuckstück, und plötzlich hatte er das Gefühl, die Galaxie würde sich ein ganz kleines bißchen bewegen. Fast hatte er sie fallen lassen. Rasch holte er eine Lupe. Die kleine Galaxie drehte sich ganz langsam um sich selbst, dabei kam es ihm vor, als wüchse sie mit jeder Umdrehung. Es

Es wurde ihm ein bißchen unheimlich und er wollte den Anhänger schon weglegen, doch er konnte ihn nicht loslassen. Die Kugel wurde immer heißer und wuchs in seiner Hand, bis er sie öffnen mußte, weil er sie nicht mehr umfassen konnte. Ihm wurde schwindelig, er schloß die Augen, riß sie aber gleich wieder auf, weil ihn Kälte umfing, die so beißend war, daß er vor Schmerzen schrie. Er schwebte mitten im Weltall und konnte in seinen letzten Augenblicken die Galaxie betrachten.

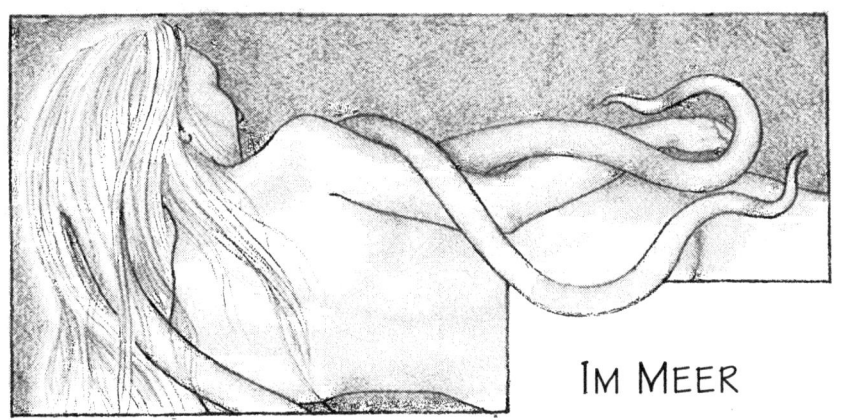

Im Meer

Eintauchen und wieder Auftauchen, obwohl ihr dort unten so wohlig ist. Sie taucht wieder ein und fühlt sich wie in einem weichen, grünblauen Kokon. Das Wasser ist warm und schmeckt frisch, es ist so sanft. Fast könnte man glauben, man gehöre hierher.

Sich langsam nach oben tragen lassen. Nur den Mund an die Oberfläche heben, um gierig Luft einatmen zu können, um dann wieder in die wohligen Tiefen zu gleiten.

Ein Fisch streift sachte ihr Bein, streichelt ihren Bauch, schmiegt sich an ihren Hals. Sie lächelt. Doch dann wird aus dem Streicheln ein fester Griff. Ehe sie richtig begreift, verstärkt sich der Druck schmerzhaft. Sie ringt nach Atem. Wasser füllt den Mund aus. Sie kann den Angreifer nicht sehen, versucht verzweifelt die Hand fortzureißen.

Plötzlich huscht ein Lächeln über ihr Gesicht,

setzt sich und breitet   sich aus. Sie stupst den Freund, den Kraken, der sie aus großen, merkwürdig intelligenten Augen ansieht. Eng umschlungen lassen sie sich nach oben treiben.

Das Haus

Das Gebäude wuchs langsam um ihn herum, Zimmer für Zimmer, verbunden durch enge Flure, breite Treppen und schmale Stiegen. Wie ein Schneckenhaus, in dessen Mitte er saß, wuchs das Haus unaufhörlich. Manchmal entstand ein Fenster, eine Tür zum Nebenraum, eine Säule sproß empor und stützte eine Decke, oder wartete noch auf ihre Bestimmung. Es wuchsen große Säle und kleine Kammern, hier wucherte ein Erker, dort bohrte sich ein Kamin durch den Boden und verschwand in der darüberliegenden Zimmerflucht.

Und er saß in der Mitte und wartete, betrachtete die Wände und lauschte auf das Gedeihen seines Hauses. Leises Knirschen, wenn sich ein Bogen formte. Schaben und schleifen - ein Flur dehnte und streckte sich. Flüsterndes Bohren, wenn sich ein Loch auftat, aus dem man ein neues Türmchen herausragen sah.

Und er wartete gelassen. Seine Neugier beschränkte sich auf die Geräusche, die aus immer größerer Entfernung zu ihm vordrangen. Bald hörte er leises Rascheln, als Wände in die Höhe strebten. Anderntags rumpelte es gewaltig, so daß er aus dem Schlaf gerissen wurde. Er vermutete, daß ein Zimmer dem anderen wieder einmal den Platz streitig gemacht hatte. Sollten sie zanken und poltern, er war geduldig. Zeit bedeutete ihm nichts, so daß er hin und wieder sogar vergaß, worauf er wartete.

Doch eines Tages stand er auf, ging durch die Tür und stieg auf das Dach. Staunend betrachtete er die vielen Bewohner. Sie leuchteten in vielen Farben, streckten ihre zarten Arme aus und fischten nach Nahrung. Er war überwältigt, staunend sah er die vielen bunten Fische, die sich eingefunden hatten. Kleine verkrochen sich zwischen den Bewohnern des Hauses, größere jagten einander oder die langsamen Seesterne. Er streckte den Arm aus, um einen Rochen zu streicheln, der bedächtig vorbei schwebte. Dann machte er sich auf den Weg, ging still davon, um einen neuen Platz zu suchen, an dem er von neuem beginnen konnte.

DAS MÄDCHEN

Es war einmal ein sehr schönes Mädchen, das lebte in einer gläsernen Kiste. Die Menschen kamen und sahen es an, es wurde von allen bestaunt und wegen seiner Erscheinung geliebt. Das Mädchen genoß die Bewunderung und erblühte zu einer wirklichen Schönheit. Immer mehr Menschen kamen. Damit alle es anschauen konnten, fanden sie sich bei Tag und in der Nacht ein. Sie konnten sich nicht an ihr satt sehen. Doch niemals sprach jemand mit ihr, oder hörte ihr zu. Es reichte ihnen, sie zu betrachten. Deshalb bemerkte wohl niemand, daß sie langsam dahinwelkte. Äußerlich strahlte sie weiterhin, doch die Blicke der Menschen zehrten das Innere des Mädchens auf. Tag für Tag wurde sie weniger. Schließlich blieb nur ihre strahlende Hülle übrig. Eines Morgens fiel sie aus dem Bett, zerbrach und zurück blieb nur ein Häufchen Scherben.

DER SCHÖNE MANN

Es war einmal ein schöner junger Mann. Seine Erscheinung war so überwältigend, daß die Frauen vor Liebe zu ihm schier vergingen. Die Männer schwankten zwischen Neid und aufrichtiger Bewunderung. Er bekam Einladungen zu jedem Fest, die Menschen schickten Geschenke in sein Haus und überhäuften ihn mit Aufmerksamkeiten. Er genoß seinen Ruhm, strahlte wie ein junger Gott, lächelte charmant und sprach nie ein Wort. Er ließ sich auch nie berühren, doch auch das nahm ihm niemand übel, trug es doch zu seinem geheimnisvollen Ruf bei.

Eines Tages war er zu einem großen Fest geladen. Es wurde getanzt, gelacht und viel getrunken, und er war der Mittelpunkt aller Aufmerksamkeit. Als es spät geworden war, stolperte einer der schon reichlich betrunkenen Gäste. Er fiel über einen Stuhl, hielt sich an dem schönen jungen Mann fest und sie fielen zu Boden. Da zerplatzte der Schöne wie eine Seifenblase.

DIE WISSENSCHAFFENDEN

Es war einmal zu einer Zeit, da die Wissenschaften von den Menschen als ihre größte Errungenschaft angesehen wurden. So baute man denn den Wissenden einen großen, wunderschönen Turm aus Lehmziegeln und Steinen. Es wurde der prächtigste Bau, den man jemals gesehen hatte. Im Laufe der Zeit reichten die Zimmer jedoch nicht mehr aus, um all die forschenden und lehrenden Menschen zu beherbergen. So baute man den Turm höher und höher, bis er wie eine kunstvoll verzierte Nadel gen Himmel ragte.

Je höher man das Gebäude baute, desto mühsamer war es für die Wissenden, mit den übrigen Menschen zusammenzukommen. Sie entfernten sich mehr und mehr. Bald ging es ihnen nicht mehr darum, daß Leben der anderen zu ergründen, und ihnen durch ihre Erkenntnisse zu helfen. Vielmehr war ein Wettbewerb zwischen den Turmbewohnern entstanden. Sie forschten um des Forschens Willen. Jeder wollte den anderen überflügeln, um noch mehr Ruhm und Ehren zu erlangen.

Der Turm war indessen gealtert. Die Treppen

knarrten, der Lehm zwischen den Steinen war aus-
getrocknet und brüchig. Als dann eines Tages der
große Regen kam, bemerkte zunächst niemand,
daß das Bauwerk Schaden nahm. Doch es hielt den
unaufhörlich vom Himmel prasselnden Wasser-
massen nicht lange Stand. Zuerst zeigten sich nur
kleine Risse, doch dann zerbrach der Turm mit
gewaltigem Getöse, riß die Wissenden mit sich und
begrub sie alle.

VÖGEL

Nachdem der Vogel den letzten Bissen vertilgt hatte, putzte er sich den Schnabel an einem Ast, spreizte die Flügel und ließ sich vom Wind davon tragen. Im warmen Luftstrom stieg er hoch hinauf. Er ließ den Wald weit unter sich und flog gen Osten. Bald sah er das Gebirge, ein graublauer Streifen in weiter Ferne. Als er näher kam erhoben sich Granitberge vor ihm und der Wind trug ihn bis zu den Gipfeln. Er umkreiste die Spitzen und ließ sich dann in eine Schlucht fallen, deren Boden tief unter ihm im Schatten lag. Mit lautem Geschrei kündigte er seine Rückkehr an. Sogleich erschien sein Weib in der Öffnung einer Felsspalte. Er landete auf dem schmalen Sims und liebkoste sie mit dem Schnabel. Aus dem Dunkel der Höhle bettelten schon die Jungen um Futter. Die hervorgewürgten Brocken waren rasch heruntergeschlungen. Zufrieden kuschelten die Kleinen sich aneinander. Eines kratzte sich mit dem Fuß am Bauch, wo schon dunkle Federkiele sprossen. Beglückt betrachtete er die Kleinen. Ihre Nasen bogen sich schon und bald würde ihnen ein Schnabel wachsen. Auch die Arme streckten sich, und bei einem waren die langen Finger schon mit Flaum bedeckt. Ihre Füße sahen noch rosig und zart aus, doch die gelben Krallen wuchsen prächtig. Es waren wohlgeratene Kinder, die bald mit ihm über die hohen Berge fliegen würden.

Seine Frau kam heran. Ihre Füße waren klein und rosig und ihre Nase war kurz. Doch er liebte sie trotz ihrer Fremdartigkeit. Sie hob die Arme und kraulte ihn mit weichen Fingern im Nacken.

DIE TREPPE

Er sprang die Treppe hinauf. Aber nicht einfach so. Jedesmal, wenn er die Treppe benützte, war es anders. Das Tappen seiner Füße erzeugte einen Rhythmus, der sich seiner Laune anpaßte.

Diesmal ging es von Stufe zu Stufe, eine vor und zwei zurück. Von Stufe zu Stufe, von Gedanke zu Gedanke, vor und vor und vor und zwei zurück. Ein Ton, ein Klang wechseln die Farbe, wechseln die Form. Von Blume zu Bär - weiter zum Baum -

die nächste die Wüste
jetzt kommt das Meer
Welle auf
Welle ab
und weiter zum Vulkan
die letzte endet
- und beginnt im Traum

SPINNEN

Mit flinken Fingern zupfte die Frau die Wolle und begann zu spinnen Sie trieb das Rad mit dem bestrumpften Fuß an, es drehte sich schneller und schneller und die Speichen flirrten und schnurrten. Ihre Finger entwirrten die Wolle, zupften und zogen in einem fort. Der feine Faden floß auf die Spule und nahm die Gedanken mit sich fort.

Die Wolle sprach vom einsamen Schäfer, der abends am Lagerfeuer saß, seine Flöte hervorholte und den Schafen ein Lied vorspielte. Sie erzählte von Wölfen und Bären, die des Nachts um das Lager streiften, und sich einen der wolligen Gefährten zu holen versuchten. Von den treuen Hunden, die die Feinde der Schafe vertrieben, und dem ruhigen Ende der Nacht.

Flocke um Flocke der seidigen Wolle erzählten von Wind und Wetter, der brennenden Sonne und Wiesen voll Kräutern und saftigem Gras.

Flocke um Flocke im Faden verwoben erzählten von fleißigen Frauen und ihren Liedern am rauchigen Feuer. Von jungen Mädchen in zugigen Stuben, die spannen und träumten vom fernen Sommer.

Flocke um Flocke zu Fäden versponnen, in Farben getaucht, zu Mustern verwoben, zu Gewändern vernäht, die wärmend dem Winter trotzen.

VOLLMOND

Der Strand lag verlassen und still da. Endlich konnte er sich ausruhen, das letzte warme Licht genießen und sich die Füße von den Wellen küssen lassen. Sanft koste das Meer seinen Saum und übergab ihm werbende Geschenke. Die Wellenfinger legten Algen und verschlungene Tangketten zu seinen Füßen ab. Andere trugen Muscheln und kunstvoll verdrehte Schneckenhäuser herbei und verzierten damit die Ketten. Doch der Strand nahm davon keine Kenntnis, er ruhte aus und sah ins Sonnenrot. Das Meer gab nicht auf, es suchte in seinen Tiefen nach kostbaren Schätzen. Seesterne und sonnendurchtränkte Brocken warfen die Wellenfinger in des Strandes Schoß. Sehnsüchtig seufzte das Meer, so daß der Strand endlich nachgab. Entzückt küßte das dunkle Wasser mit hellen Lippen im schwindenden Licht des Strandes Knie. Es trug Perlen und leuchtendrote Korallen heran und spülte sie sanft auf den Strand, während es seine nassen Hände langsam höher schob. Es verwirrte einen Schwarm grauer Leiber, die im Mondlicht auf seinen Wellen tanzten und fröhliche Lieder pfiffen. Das Meer lockte und rief sie zum Strand, so daß sie nicht widerstehen konnten.

Sie folgten seinem einladenden Plätschern und schwammen auf den weichen Sand. Doch das Atmen fiel ihnen schwer und sie jammerten und pfiffen und wanden sich, doch sie konnten nicht mehr entfliehen. Der Strand sprang erschrocken auf und traute seinen Augen nicht. Mit fester Stimme befahl der Strand dem Meer, die grauen Leiber zurückzunehmen. Das Meer wich zurück, verwundert über die Schmähung seiner Liebesgaben. Wütend brauste es auf, doch schließlich schwemmte es die Leiber mit großen Wellen vom Sand. Erleichtert schwammen die Verwirrten fort und schworen, dem Meereslocken niemals mehr zu folgen.

Und das Meer zog sich zurück und beschloß beim nächsten Vollmond sein Liebeswerben fortzusetzen.

RAUCH

Rauch füllte die Gasse, drang durch die Fenster und Türen und in die Nasen und Münder der Menschen. Keuchende, vom Qualm geschwärzte Gestalten rannten in der Dunkelheit durcheinander, schrien, schleppten wassergefüllte Eimer, Kinder und große Bündel. Am Ende der Gasse, vor der großen Mauer, war der Qualm glutrot gefärbt. Feuer schlugen aus allen Öffnungen eines Hauses. Geschrei erfüllte die Luft, es knisterte und krachte in dem Feuer, Wasser prasselte in die übermächtigen Flammen. Dunkle Gestalten, von den Flammen rot beschienen, kletterten auf den benachbarten Dächern herum. Sie zerrten die Dachpfannen hinunter, schlugen mit Äxten auf das Gebälk ein, warfen dicke Balken herab, die krachend in die Gärten stürzten. Es war ein verzweifelter Chor aus Geschrei, dem Brüllen der Flammen und Funken, die knallend zum Himmel stieben.

Und der Himmel antwortete mit gleißenden

Blitzen und Donnertrommeln. Der Regen kam rasch, und toste platschend zu Boden. Er begoß die Flammen, so daß der Rote Hahn in den Wolkenfluten ertrank und dampfend gen Himmel stieg.

Starr standen die Menschen, herausgerissen aus dem Alptraum der Dunkelheit. - Naß war das Ende der Nacht.

Unwetter

Der Himmel wurde dunkel von regenschwe-
ren Wolken und die Vögel suchten Schutz in den
Büschen und Bäumen. Es donnerte und krachte,
dann ergossen sich stürmische Fluten über dem
Land. Die Tiere verkrochen sich und die Menschen
flohen von Äckern und Weiden in das nahe Dorf.
Das Vieh auf den Weiden sammelte sich unter den
Bäumen und blöckte kläglich. Binnen kurzem waren die Felder verwüstet, die geknickten Halme
und Feldfrüchte ertranken im Schlamm. Der Sturm
zerrte das Obst von den Bäumen, warf mit schwe-
ren Ästen und heulte um die Häuser. Die Menschen hockten eng zusammen und stöhnten vor
Angst. Lang war die Nacht.

Am nächsten Morgen zog das Unwetter weiter. Hinfort war die Ernte, verwüstet das Land.

VERGESSENES

Er saß in einem Sessel, das Buch auf den Knien, und versuchte sich zu erinnern. Der letzte gelesene Satz hatte vage etwas in ihm berührt, doch er vermochte es nicht zu fassen. Seine Gedanken schweiften ab. Die Erinnerung zeigte sich kurz an der Oberfläche seines Denkens, doch ihre Stimme war zu leise, als daß er sie festhalten konnte. Sie tauchte wieder in den Strom und schwamm davon. Etwas lauter rief eine Idee und sie wurde gehört. Jedoch war sie nicht das Gesuchte und wurde wieder fallen gelassen. Sie sank zurück und verstummte abrupt. Nun wurden die Boten ausgeschickt, das Vergessene zu suchen. Sie gingen zum Strom und horchten und lauschten. Sie wußten nicht genau, was sie zu suchen hatten. So irrten sie bald hierhin und dorthin, brachten den einen oder anderen Gedanken, doch das Vergessene fanden sie nicht.

Unbefangen näherte sich eine leise Stimme. Sie wirkte unscheinbar, und schien nichts besonderes zu sagen zu haben. Doch als sie so nach vorne trat und ihre einfache Stimme hören ließ, da war die Freude groß. Endlich hatte er das Vergessene gefunden.

WANDEL

Schnee lag erstarrt und verschmolzen auf der Wiese. Der Bach gurgelte unter einer dünnen, eisigen Decke und lugte schon durch einzelne Löcher. Eine Lerche hüpfte von Stein zu Stein, trillerte und putzte ihr neues Federkleid. Vorwitzige Blütenköpfchen streckten und schoben sich durch den Schnee. Hoppelnd kam ein Hase zum Bach, trank einige Schlucke und machte sich dann über die Blüten her. Mühsam kroch eine Hummel aus ihrem Erdloch und blieb dann für geraume Zeit erschöpft im Sonnenlicht sitzen. Dann flog sie brummend davon. Am nahen Waldrand erschien ein Wildschwein. Es blieb stehen, schaute sich mit hocherhobener Nase um und grunzte leise. Es raschelte im Unterholz, als ihre Kinderschar herausstürmte. Sie tollten und rauften, während die Bache schnaufend die Schneedecke aufwühlte, und zu fressen begann. Piepsend und balzend hüpfte ein Meisenpaar durch das Gesträuch. Sie sammelten Gräser und Ästchen und trugen sie davon.

Als die Mittagssonne den Schnee zerschmolz, erwachten die Knospen der Hasel. Sie platzten auf und streckten sich im warmen Licht. Nun konnten die Bienen und Hummeln kommen, zum Schmaus am Frühjahrstisch.

DER KNOCHENMANN

Es war später Vormittag. Am Fenster sitzend sah sie hinaus auf die menschenleere Straße. Sie liebte es, in einer dieser alten Wohnstraßen mit ihren kleinen Vorgärten und schmiedeeisernen Balkonen zu wohnen. Gedankenverloren wanderte ihr Blick über die gegenüberliegende Hausfassade. Sie stutzte. Auf einem der Balkone im ersten Stock stand ein Skelett, dessen Schädel unter einem mittelalterlichen Ritterhelm verschwand. Sie grinste, eigenartiger Humor, dachte sie. Dann erschrak sie, als der Knochenmann sich bewegte, als würde er sich recken. Sie mußte lachen, fühlte sich von den Nachbarn genarrt. Doch sie konnte niemanden entdecken. Als das Skelett dann einen Schritt auf das Geländer zuging, verging ihr das Lachen. Es machte noch einen Schritt, stützte sich auf das Geländer und sah sich um. Dann kletterte es hinüber und war mit einem Satz auf dem Bürgersteig. Es hob den Arm an sein Knochengesicht und ein lauter Pfiff ertönte. Abwartend stand es da. Leises Schlurfen war zu hören, eine Gartentür öffnete sich quietschend und herausgetippelt kam ein buntbemalter Gartenzwerg. Aus einem anderen Garten tappte eine tönerne Schildkröte heran, der eine ebensolche riesige Schnecke folgte. Das Skelett hob den Arm und alle folgten ihm im Gänsemarsch. Alle paar Meter hielt er an und ließ seinen Pfiff hören. Jedesmal kamen Gartenzwerge, kitschig bemalte Tiere und andere Wesen, die in den Vorgärten gestanden hatten, um sich dem seltsamen Zug anzuschließen. Von einem Balkon flog ein schmiedeeiserner Rabe herab und setzte sich auf die Schulter des Knochenritters. Am Ende der Straße riß sich ein farbenfroher Kinderdrache los, schwebte herunter und flog dem Knochenmann wie ein Banner voran.

Die Frau lief hinaus in ihren Garten, doch sie sah nur noch die letzten der seltsamen Gestalten um die Ecke verschwinden.

Am nächsten Morgen gingen zwei Polizisten von Haus zu Haus, um jeden nach den frechen Dieben zu befragen, die aus den Vorgärten alles an Schmuckfiguren gestohlen hatten, was den Bewohnern lieb und teuer gewesen war. Sie kamen auch an die Tür der Frau. Diese verschwieg jedoch lieber, was sie beobachtet hatte.

Die Schlagzeile der Stadtzeitung amüsierte die einen und ärgerte die anderen. In einem Park hatte sich jemand einen Spaß daraus gemacht, eine Armee aus Gartenzwergen, tönernen Tieren und anderem Zierrat aufzustellen. Angeführt wurde sie von einem Knochenritter mit Banner und Wappentier. Es hieß, die Stadtverwaltung sei stolz auf ihre neue Attraktion und würde die Bestohlenen.